KB139245

넘어지다

황금알 시인선 277

넘어지다

초판발행일 | 2023년 10월 31일

지은이 | 이철수
펴낸곳 | 도서출판 황금알
펴낸이 | 金永馥
주간 | 김영탁
편집실장 | 조경숙
표지디자인 | 칼라박스
주소 | 03088 서울시 종로구 이화장2길 29-3, 104호(동숭동)
전화 | 02)2275-9171
팩스 | 02)2275-9172
이메일 | tibet21@hanmail.net
홈페이지 | http://goldegg21.com
출판등록 | 2003년 03월 26일(제300-2003-230호)

*이 책은 제주특별자치도와 제주문화예술재단의 2023년도 제주문화예술
  지원사업 후원을 받아 발간되었습니다.

Jeju JFAC 제주문화예술재단
Jeju Foundation for Arts & Culture

넘어지다

이철수 시집

황금알

나는 행복하다

이렇게 쓰고 싶었다

행복은 어디에서 오는가

살면서 수시로 찾아오는 것은

아픔과 슬픔 그리고 외로움이다

어쩌면 아픔과 슬픔 그리고 외로움은 행복의 밥이다

행복의 밥은 밤하늘의 별이 되어 흐른다

인간 세상에서 별이 되어 흐르는 것은 낭만이다

서로 다독이며 공감하는 세상

인간적이고 인간다운 세상이 낭만이다

밥을 사랑하는 사람들

아니 낭만을 사랑하며 같이 가야 하는 사람들

밥상 앞에 앉아 밥 이야기를 듣고 싶어지는 날

나의 밥 이야기도 풀어놓고 싶었다

가난해진 밥상이 낭만으로 돌아오는 날

낭만 속에서 인간적인 위안을 얻고

사람들이 다시 행복해지길 간절히 바란다.

차 례

1부 넘어지다

시집 · 12

이슬방울 · 13

낮달 · 14

넘어지다 · 16

무명가수 · 18

대들보 · 20

월대천 · 21

구름 · 22

굴러가는 힘 · 24

사랑 고백 · 26

샛길 · 28

무지개 · 30

라면을 끓이며 · 32

2부 약봉지를 받고

가을비 · 34

황소의 눈 · 36

망막박리 · 38

약봉지를 받고 · 40

이어도 사나 · 42

사람이 그립다 · 44

섯알오름 · 46

아버지의 노래 · 48

할머니의 기억 · 50

겨울비 · 52

표식 · 53

바위섬과 바람꽃 · 54

3부 노부부

법환포구 · 58

고사리 · 59

팥죽을 먹으며 · 60

질주 · 61

심지 · 62

과녁 · 64

노부부 · 65

똥개 · 66

어느 봄날 · 68

그대는 아는가 · 69

나뭇잎에 흐르는 물결 · 70

눈물이 나는 건 · 71

닻을 내리다 · 72

4부 양파를 까며

첫눈에게 · 74

금요일 · 75

양파를 까며 · 76

누가 좋을까 · 78

술병 · 80

꿈 · 81

억새 사이로 흐르는 안개강 · 82

원죄 · 84

겨울잠 · 85

심정지 · 86

집 · 88

소리꽃 · 90

5부 꽃을 바라보다

감귤나무 · 92

찔레꽃 · 94

벚꽃 길 · 95

꽃을 바라보다 · 96

능소화 · 98

귤꽃 · 100

들꽃 · 101

홍가시나무 · 102

팽나무 · 104

꽃이 지면 · 105

홀로 핀 꽃 · 106

개나리꽃 · 107

대추 · 108

■ 해설 | 허상문
밥과 별이 흐르는 세상 · 109

1부

넘어지다

시집

시집을 보낼 수 있을까
한 번도 보낸 적 없는
사랑스러운 내 딸
혼수비용 보태준다기에
부끄럼 무릎 쓰고
문예재단에 걸어가는 길
솔방울이 발밑에 뚝 떨어진다
솔방울이 떨어진 이유
글이 되어 날 수 있으려나
처음이다 보니 서툴고 모자라다
서투른 영혼이 진심으로 사랑하니
그래도 시집 보내야겠지

이슬방울

수목원을 거닐며
마음이 원하는 바를 묻고
풀리지 않는 생각의 꼬리를 쫓아가다
허공에 숨어있는 거미줄에 걸렸다
위기의 순간인가
두통이 파닥이며 물보라처럼 번진다
파르르 떨며 울고 있는 기타줄
소리 없는 노래가
바람의 손끝에 묻어나다
피할 수 없는 운명 속으로
소나기가 내리고
소나기가 지나간 자리
울고 싶은 마음이 저리 맺혔을까
거미줄에 걸린 이슬방울
대롱대롱 햇살 품은 보석 같다

낮달

낮달을 본다
달이 외로운 이유는
사랑하는 사람을 잃었기 때문이다

조개껍데기 집을 지키기 위한
바다의 전사 외계 물고기처럼
매운 세상살이 속에서
지켜온 금쪽같은 내 사랑
빈 하늘 가슴에 묻었다

빈 병 팔아 이웃 돕는
거동이 불편한 노부부
배곯는 노인과 손자를 위해
국밥 대접하는 할머니
병원 밖 사람들 만나서
아픈 사람 치료하는 의사
상처 입은 가슴에서 피어나는 온정

살맛 나는 세상이다

하늘을 바라보니
밥맛 돋우는 숟가락 하나
싱그럽게 걸려있다

넘어지다

넘어져 본 사람은 안다
나를 넘어뜨리는 건
거대한 바위가 아니다
바위를 휘덮는 파도가 아니다
아주 보잘것없는 돌부리다
잘 보이지 않는 물방울이다
조그마한 것에 벌러덩
넘어지는 날이 있다

누군가에게 보인다는 건
때로는 밤하늘에 돋는 아득한 별이다
부끄러움으로 빛나는 아픔이다
누구나 넘어지는 그런 날이 있다
부끄러워하지 마라
은연중에 빛나는 별로
반짝이고 싶지 않았던가
넘어질 수 있다는 건
사람이 보여줄 수 있는
가장 빛나는 별이다

그냥 훌훌 털고 일어나
걸어가면 된다

무명가수

노래가 좋아 노래 부른다
봉양해야 할 부모님 발달장애 있는 딸
지켜야 할 사랑하는 사람 있어
노래가 없는 날에는 조경공사를 한다
돌담 쌓을 때마다 얼굴에 맺히는 땀방울
영롱하게 반짝이는 노래가 된다

사랑을 노래하는 건 영원한 고전
사랑을 지키기엔
힘겹고 아직 눈물 나는
그대는 무명가수다
누구나 차별받지 아니하는
아름답고 잘사는 세상을 위해
노래는 계속 불러야 한다

어디에선가 노래 듣는 사람 있어
사랑이 은밀하게 퍼져나가면
그대의 노래 들으며
열광하는 사람 있으리라

포기하지 않고 사랑을 위해
오늘도 내일도 노래하는
그대는 무명가수다

대들보

하늘을 받들고 있는
푸른 소나무
사랑할 사람이 남아있음은
얼마나 좋은 일이냐
사랑하기 위해 애쓸 수 있음은
또 얼마나 다행이냐
하늘이 무너지지 않는 이유
우주를 받치는
저 소나무의 사랑이다

월대천

참 먼 길을 흘러왔구나
하늘의 숨결 만지작거리던
대왕 구름의 권세를 놔두고
험난한 골짜기로 스며들어
낮은 자세로 몸 낮추던
맑은 이슬이여

가파르게 울부짖던 바위의 투정
이리저리 기웃대던 나무의 발톱
말없이 받아주고 촉촉이 닦아준다
격랑에 휩쓸리고 부서지면서도
탓하거나 멀리하지 않는다
수백 년을 건너오면서
한없이 자신을 낮추던
다툼이 없는 반짝이는 소리

경배하라
하천을 가로지르는 돌다리 위
새의 눈동자에 비치는
거대한 바다 윤슬로 빛난다

구름

작은 창문 사이로 보이는 하늘
하늘길 산책하는 구름이여
방의 감옥에 갇혀 기침하는 나는
너의 발걸음이 부러워
너의 자유로운 빛깔에 물들어
기침을 훌훌 털고 날아간다

비도 가지고
눈도 가지고
하늘 곳간 채우기만 한다면
무겁게 짓눌린
천둥의 목소리가 들린다
시커멓게 그을린
번개의 칼날이 보인다

비도 나누고
눈도 나누고
나누면 나눌수록
가벼워지는 맑은 하늘

구름은 알고 있나 보다
하늘이 푸르게
높고 아름다운 이유를

굴러가는 힘

굴러가려면 빔이 있어야 한다
비워야만 채울 수 있는
빈 것을 채우는 것은
가난한 사람에게도 외로운 사람에게도
차별하지 아니한다
똑같이 원하는 만큼 채울 수 있다
상이 되지도 금이 되지도 못하는
눈에 보이지 않는 그 쓸모없음이
바퀴를 굴러가게 한다

황금 바퀴는 눈부시고 화려하지만
덜커덕거리는 딱딱함을 피하지 못한다
오장육부가 흔들리는 고통을 감내해야 한다
굴러가는 충격을 달래지 못한다
비어있는 곳이 없기 때문이다

아무리 보아도 볼 수 없고
아무 맛도 느낄 수 없지만
빈 곳을 채워주고 바퀴를 굴리는

굴러가는 것에는 힘이 있다
잘 굴러가려면 둥글어야 한다
둥글게 굴러가는 바람이 아름답다

사랑 고백

사랑한다
나는 여자를 사랑한다

눈물 대신 땀 흘리며
아픈 이를 품고 아득한 길
이 악물고 힘차게 걸어가던
도도한 그 여자의 발 사랑한다

새벽마다 부엌 한 모퉁이
슬픈 잠에 빠진 이를 위해
조용히 두 손 모아 기도하던
기품 있는 그 여자의 손 사랑한다

제 몸 갉아 먹는 줄 알면서도
세상을 향해 울고 있는 아이 업고
물살 센 징검다리 건너는
가녀린 그 여자의 등 사랑한다

어떤 꽃이든 피어날 땐 눈부시다

아름다움 찾는 이 눈 귀 되어
세상의 그늘이 되고 빛이 되는
우아한 그 여자의 얼굴 사랑한다

자신을 기꺼이 제물로 바치는 정성
사랑하는 이를 위해서라면
의지할 수 있는 신을 닮은 모성
하늘 같은 그 여자의 가슴 사랑한다

샛길

먼길을 왔노라
기어서 오고 걸어서 오고
때로는 등에 업혀서 왔노라
남들이 말하길 큰길이 좋다고 해서
큰길만 따라 여기까지 왔노라

혹여라도 샛길로 빠지면
큰길에 넘쳐나는 사람에게
조그만 희망조차 빼앗길까 봐
다른 길은 생각지 못했노라

큰길에 염증을 느끼고
큰길에서 도망치고 싶은 날
샛길로 가보면 어이할까
우리가 가는 길은
누구나 똑같은 자유의 길

남이 닦아놓은 큰길이 아니어도
스스로 가고 싶은 길

찔레꽃 향기 그리움 불러오고
반딧불 희망으로 날아오르는 숲길
샛길이면 어떠리
느리게 거닐다 가자

어차피 우리의 길 끝엔
영원한 자유의 길인 걸

무지개

비가 내린다
우산이 가린 하늘은
아침이 오는 게 두려운가 보다
하늘을 막고 있는 구름이
우울의 화살을 수없이 쏘아댄다
이런 날에는 커피 한잔이 필요하다
음악을 듣고
시사와 교통방송을 듣고
고독을 껴안으며
하루를 살아가는 거
다른 사람과 다르다고 생각했는데
누구나 같은 마음이다

비가 그쳤나 하는 순간
절대로 양보하지 않을 것 같았던
구름이 열어준 사이로
푸른 하늘이 피어나고
무지개가 마술처럼 떠 있다
언제 사라질지 모르겠지만

다시는 보지 못할 줄 알았는데
살아서 무지개를 보는 일
참 곱다는 사실
누구나 같은 마음이다

라면을 끓이며

라면을 끓인다
아내를 위해 내가 끓인다
물의 양이 부족했나 보다
국물이 짜고 텁텁하다

라면을 끓인다
아내가 나를 위해 끓인다
물의 양이 많았나 보다
국물이 밍밍하고 심심하다

나는 물을 적게 넣고
아내는 많이 넣는다
언제쯤 적당하게
물 맞출 수 있을까

오늘도
아내와 나는
물 맞추듯
서로 맞추며 산다

2부

약봉지를 받고

가을비

비가 내린다
벗 하나 없이
마지막 숨소리
처마 끝에 매달려
애처로이 떨어진다

삶과 죽음의 경계
손끝에 매달리는데
손잡아 주는 이 아무도 없다
고립된 지붕 아래
비릿한 향기만 남기고
방안을 서성인다

힘없는 고독이여
고독을 외면하는 잔인한 세상이여
누군가의 삶과 죽음을 위하여
누군가의 지독한 외로움을 위하여
이제는 눈물을 흘려야 하는 계절
고독한 세상을 향해 울고 있는 눈물

사람의 가슴에 고요히 스며드는
추적추적 비는 내린다

황소의 눈

횡단보도 앞 화물차에 실린
황소의 눈과 마주치다
무엇을 말하려고 하는지
깊고 애잔하다
눈은 연약한 등잔불이다
바람에 꺼질 듯 애처롭게
살아온 날 먼 기억이 흔들린다
수직으로 솟구치는 불꽃이 강렬하다
호기심으로 시작된 욕망이 타오른다
불장난으로 태워버린 초가 옆에는
황소가 살던 쇠막도 있었다
밧줄을 잡은 나를 내동댕이치고
줄달음치던 황소
팔과 무릎에 상처보다 더 아픈 건
황소의 마음을 헤아리지 못한 무력감이다
밭을 갈고 달구지를 몰던 시절
가난을 갈아엎던 황소의 눈 우직하다
황소는 어디로 실려 가는 것일까
집을 앗아간 나를 원망하고 있을까

위암으로 음식을 먹지 못해
수평선 너머로 사라지던 형이 비친다
황소의 잃어버린 추억
같이 살고자 하는 작은 소망
들어주지 못하면서
어찌 사람의 눈을 사랑할 수 있을까
세상을 향해 눈뜬 황소의 눈망울
세상을 향해 눈을 감은 나
황소의 눈망울에 빠져
부끄러움에 고개 숙인다

망막박리

어느 순간 세상이 흐릿하여
시장에 있는 안과에 들렀다
망막박리가 의심된다며
실명까지 올 수 있다는 소견에
정말 앞이 캄캄하여 온다
답답하고 숨이 막혀
세상을 잃은 기분이다

눈이 비명을 지를 정도로
혹사해왔다는 사실을 깨닫는다
세상 보는 방법은 눈이 전부인 것처럼
눈으로 보지 않으면 뒤처지는 것처럼
귀로 들어야 할 것도
피부로 느껴야 할 것도
마음으로 보아야 할 것도
굳이 보지 않아도 될 것도
악착같이 눈으로만 보려 했다

잠시 두 눈 감고 세상을 만져본다

침침하여 보이지 않는 것은
노안 탓이라지만
영혼이 탁하여 보이지 않는 세상
어찌하면 좋을까

약봉지를 받고

타로 카페를 찾았을 때
나는 나를 믿지 못했다
내가 아닌 나를 알고 싶어
한 손에 뽑혀 나온 카드에는
여러 칼에 찔린 누가 누워있다
신경을 타고 흐르는 번뇌
포식한 고름이 잇몸에 달라붙는다

젖은 땅에 내던져진 주사위
낙첨되어 버려진 로또 번호다
바람 부는 바닷가를 헤매고 있다
바람이 스며든다
잘 스며드는 것은 날 선 칼이다
손목 그은 그 사람의 칼
나에게 소리 없이 스며든다
그 칼은 어디쯤 박혀 있는 걸까

예민한 바람이 쓸쓸하다
예민해진 내가 무슨 말을 했는지

횡설수설한 기억이 바닥을 구른다
예민하게 생긴 의사가 뜨악한 표정으로
처방해준 약봉지 돌덩이처럼 무겁다

약봉지를 뜯을까 말까
아직 내 선택에 달려 있다
궁금한 눈과 귀가 나를 들여다본다
아프거나 아플 것 같은 사람은
속살을 관통한 칼의 행방을 찾는다
자랑스럽지도 부끄럽지도 않은
약봉지를 받고 섰던 바람의 언덕 넘어
인생의 깃발을 단 배가 수평선에 걸려있다

이어도 사나

숲을 잃어버린 새
전깃줄에 앉아 전설의 섬
그리워 운다

그 섬 숲속 나무에
붉게 여문 슬픔 배고파서 따 먹으면
가슴 시린 고독 저녁놀에 출렁인다

슬픔의 열매 먹어본 사람은 안다
혼자서 감당하기엔
너무 무섭고 아프고 외로운
그래서 혼자 놔두지 않는다
눈 열고 귀 열고 가슴 열고
그의 곁을 묵묵히 지켜준다

너무 단단하여
소화하기 어려운 슬픔
어머니의 입처럼 가난한 사랑이
잘근잘근 씹어주면

독한 슬픔도 소화가 되고
흔적 없이 사라진 자리에
아기의 미소처럼 맺히는
푸른 열매가 있는 섬

수평선 너머 하염없이 바라보며
입맛 다시는 새가 있다

사람이 그립다

그 시절 그랬다지
솔잎에 찔린 바람이 푸르게 울던 밤
하늘과 바다는 같은 빛으로
쌍둥이처럼 숨죽여 울었어
죽창이 바람의 끝을 모아 허공을 휘젓고
총칼이 살기 등등 검은 구름 부를 때
가슴을 향해 달려들던 공포가
어둠을 서성이며
살얼음판 강 건너고 있었어
어둠 속에 내뿜는 충혈 된 눈초리
얼굴에 박힐 때 칼에 베인 듯
쓰라리고 아팠어
그냥 죽으면 차라리 편할 것 같아
몇 번이나 하늘을 보고 기도했어

사랑하는 사람 보내고
억울하고 원통한 하소연
꾹꾹 눌러 가슴에 담아 둔
하늘로 보내는 편지

누가 읽어 주려나
"살암시민 살아진다."
어둠을 뚫고 피어나는 꽃 위에
봄 햇살처럼 내려앉는 사람의 말
나를 위해 토닥여주던 소리
내가 살 수 있는 이유
내가 사는 이유
사람이야

섯알오름

내 설운아기
훌쩍 커버린 산방산아
흐려진 눈으로 보이는 한라산
흰 머리카락 수북한
구름 사이로 자꾸만 멀어지는 어머니
안개 사이로 자꾸만 작아지는 어머니
이별의 인사조차 남기지 못하고
고무신만 남기고 홀연히 떠나버린
사랑하는 내 님아
사랑하는 내 아가야
그날의 바람은 여기까지 흘러와
억새의 가슴에 스미는데
바다는 왜 저리도 아름다운 것이냐
죽어서도 버려지고 차마
하늘로 떠나지 못하는 영혼아
안개비 내리고 바람이 내달리는
황량한 벌판을 맨발로 헤매는구나
미친 듯 날뛰다가 드러누워 몸질을 하다가
먼 데 수평선을 바라보는 말 한 마리

외로운 눈에 다가오는 풍경
눈부시게 아름다워 오히려 미안해지는
섯알오름에 서다

아버지의 노래

소리가 좋아 여기저기 초대받던
그 소리 다시 한번 들어나 봤으면
아버지 우리 아버지
차마 불러보지 못하던 그 이름
얼굴도 만져보지 못하고
체취도 느껴보지 못했건만
스물네 살 꽃상여도 없이
그리 황망히 가시고 말았나
아버지가 노래하면
눈에 강물이 흐르고
귀가 베지근해지던 초가마을
평온한 봄날 느닷없이
왼쪽에서 오른쪽으로
오른쪽에서 왼쪽으로
돌풍이 불고 미친바람 날뛰어
꽃구경 신명 나는 노래도 없이
붉은 울음만 흩날리다 떨어져
통한의 세월 땅에 묻힌다
꽃보다 곱던 아버지의 노래

이제는 썩어서 먼지나 되었겠지
서럽다 보고 싶다 말하지 못하고
그리움과 아픔이 썩어 문드러진 땅
못다 한 아버지의 노래인가
기나긴 설움 뚫고 피어난 꽃망울

할머니의 기억

할머니의 기억은 흐릿하다
고장 난 형광등처럼 깜박거린다
땅바닥을 박차고 일어서야 하는데
걷는 일조차 잊어버렸는지
맥없이 졸고만 있는 정신 줄

날 두고 떠난 사람
숲 깊은 계곡에 흘려보냈건만
아련한 별빛으로 되살아오는
까마득히 날려버리고 싶은 일
나도 데리고 가지 야속한 사람아

그 힘든 참깨도 장만하고
보청기 값 자식에게 보내고
깔끔히 집 안 정리도 하고
살만하니 그예 길을 떠났네
무엇이 그 사람
우울의 바다에 빠뜨렸나

눈물이 난다
이 노릇을 어이하랴
가엾은 양반 그리운 사람아
기억은 속절없이 저문다
차마 뱉어내지 못하고
입안에 맴돌던 그리움
혼잣말 되어 꽃 피네

겨울비

어둠이 가시지 않은 새벽
출근하는 차창에
토닥토닥 등 두드리는
겨울비 내린다

사는 게 이게 아닌데
가슴 적시는 장사익의 노래
그만 남몰래 터져 나오는
깊은 한숨

육지 가는 자식
얼굴도 보지 못하고
탈탈 털어 남긴 용돈
배춧잎 세 개

못내 아쉬워
다시 그리워
겨울비는 내린다

표식

아내가 점쟁이를 찾아갔다
아내는 원래 길지 않은 목숨이었다
표식 있는 사람과 살아서
긴 목숨을 유지할 수 있는 운명이다
나에게는 표식이 있다

삼승할망*이 정해준 하늘의 뜻인 걸
어찌 거부할 수 있겠는가
표식이 있어 생이 고되고 아픈 줄 알았다
표식을 준 삼승할망이 하릴없이 밉기도 했다

깨닫는 데는 오랜 시간이 걸리나 보다
고된 하루도 살아 있어서 행복이다
살아가는 힘은
사랑하는 사람이 있어서다
내 표식으로 인해
사랑하는 사람의 생명이 길어지다니
이제 나는
내 표식이 사랑스럽다

* 아이를 점지하고 기르는 역할을 하는 신인 삼신할머니의 제주어

바위섬과 바람꽃

문뜩 바람맞고 외로워지는 날이다
벗하자고 모여든 흰 구름 아래
옷 벗은 햇빛이 자맥질하는 수평선
홀로 떠돌던 바위섬에
운명처럼 찾아온 바람꽃이 있다
살다 보면 그런 날이 있다
화가 나기도 하고 속상하기도 하고
나는 당신에게 어떤 존재인가요?
시끌벅적하던 수다와 잔소리 어디로 사라지고
깊은 침묵만 바닷속으로 빠져든다
금방 돌아오리라 생각했지만
바람꽃의 부재는 바위섬을 미치게 한다
갈매기의 요염하고 관능적인 비행에도
맨몸으로 부르는 파도의 유혹에도
바람꽃 생각이 떠나지 않는다

바람꽃은 마약이다 바람꽃은 술이다
마약이 없으면 몰아치는 태풍의 고통을
어찌 감내할 것이며

술이 없으면 망망대해의 고독을
어찌 홀로 견딜 것인가
몰래 숨겨 놓고 홀짝이던
조약돌의 기나긴 넋두리도
파도의 애간장 끓는 외침도
껴안을 수 있었던 이유 바람꽃이다
바위섬은 바람꽃에 중독된 사랑의 포로다
사랑이 떠난다고 호들갑 떨지 마라
뇌의 화학작용에 불과하다
하지만 이미 중독되어 버린 걸 어떡할까
부딪히고 싸움으로 부서져도
바람꽃 당신 없으면 바위섬 죽으리라

3부

노부부

법환포구

태풍 같은 슬픔이 휘몰아쳐
눈물이 일제히 일어서서
파도에 부서지고 넘어지는
바람이 오는 날에는
법환포구에 간다
방파제를 넘는 파도의 외침
슬픔의 언덕 아프지만
고통의 순간 넘어서면
여기가 천국이다
왜 그걸 몰라
지옥의 힘 빌려서라도
전하고 싶은 말
바람이 보이는 포구
바람이 오는 날에는
법환포구에 간다

고사리

남쪽 섬나라에 가면
고귀하고 사랑스러운
하느님이 들판에 산다

깨진 술병이 날카롭게 노려보고
날 선 눈초리에 마음 비인 햇살
속으로 눈물 흘리고 나면
만나러 간다

고고한 척 뻗대고
고개 숙이지 않는 자
만날 수 없으리라
자신의 몸 한없이 낮추고
낮은 자세로 겸손해질 때
고요히 얼굴 내민다

하늘에는 하느님이 없다
하느님을 만나고 싶다면
남쪽 섬나라 인간이 사는
들판으로 가야 한다

팥죽을 먹으며

동짓날 팥죽을 먹는다
달콤함이 부드럽게 넘어가던 고갯마루
그 누구의 시샘인가
잡귀가 그물처럼 던져놓은 돌부리에 걸려
자꾸만 넘어지는 헛헛한 마음
지금은 코로나 시대
사람과 사람 사이 갉아먹는 우울의 맛
쓸쓸한 바람 소리 타고
한고비 넘어간다

동짓달 기나긴 밤 외로움도
봄바람 이불 아래 서리서리 넣어둔
황진이의 사랑 깃든 팥죽을 먹으면
이까짓 무서움쯤 아무것도 아니다
잡귀야 물러서거라
깊은 밤 외로운 사람의
한탄과 넋두리조차
맛있는 기억으로 남을
그날은 오고 말리라

질주

옹기종기 모여앉아
천천히 구수하게 익어가던
무섭지만 따뜻한 옛날이야기
이리 굴리고 저리 굴리고
둥글둥글해지는
달구지에 햇살 싣고 오던
그리운 그 날은 어디 가고

발 없는 말 천 리 가던
그 거리도 무색해지는
말의 속도 정신없이 빠르다
가짜가 진짜 되고
진짜가 가짜 되는
비수 품은 말의 홍수
손끝에서 손끝으로
빛을 타고 달리는
말의 질주
현기증이 난다
이제 그만 내리고 싶다
지구라는 별에서 잠시

심지

사월 초파일
기도의 마음 붙잡고
불 밝히는 사람아
촛불 타는 모습 지켜보며
흔들리는 사람아

기도는 내 마음으로 향하는 여행
욕망의 티끌을 내려놓아라
외부에서 불어오는 바람 소리에
내 마음의 주파수를 맞추지 말자
떨어지는 촛농에 마음 두지 말자
아무리 흔들어도 흔들리지 않는
내 마음의 중심 심지가 타오른다

바람 부는 세상에 걱정 없으면
그것이 세상이더냐
근심에 근심을 쌓는 사람아
심지처럼 다 태우고
고요의 세계로 나가라

심지가 곧은 사람은
바람의 흔적을 남기지 않는다

과녁

와장창 깨지는 소리가 들린다
직장 상사와 부하의 과녁이
서로 다른 방향으로 향해 있다
서 있는 자리가 바뀌면
과녁이 향하는 풍경도 달라진다
달라지는 과녁 맞히기 위해선
올바른 화살을 날려야 한다

화살을 날릴 과녁을 찾는 건
숙제와 같은 삶의 문제이다
어디로 화살을 날릴지
질문을 포기하지 마라
가난하고 초라한 생일지라도
질문 날릴 과녁이 있다면
당당하게 날아가 박힐 수 있다
낭만이 미소 짓고 손짓할지니
세상에 놓여있는 나만의 과녁
제대로 맞히기 위해
질문을 찾고 또 찾아라

노부부

손 꼭 잡고 걸어가는
백발의 노부부
오솔길 평화롭다

저 맞잡은 손
번뇌의 손금 속에
흐르는 강물
얼마나 많은 물결이
바람에 흔들렸을까

서로를 위해 남겨놓은
하늘 가장자리 무지개
풀벌레 울음소리 타고
청아하게 미소 짓는다

똥개

오랜만에 만난 친구에게
"똥개~"
어린 시절 별명 불러본다
정색하고 화를 낼만도 한데
배시시 웃기만 한다

이 세상
나보다 못난 사람 없어
속상해서 화풀이로 불러도
그저 꼬리 흔들며
반겨주는 정다운 이름
옆에만 있어 주면 좋다는
바보 같은 똥개

빗속에 쓰러진 치매 할머니
곁에서 체온 나누며
기어이 살려낸 백구
똥개라고
누가 함부로 말할 수 있는가

그 옛날 고향처럼
푸근하고 따뜻한
그 이름
똥개를 닮고 싶다

어느 봄날

사람에게 버려진 백구가 있었네
사람에게 버려진 누렁이가 있었네
의지할 곳 없는 봄날은
얼마나 고독하고 외로운가
아지랑이 피어오르는 아스팔트
차에 치여 누워있는 누렁이
오랫동안 그 곁을 지키다
돌아보고 또 돌아보고
쓸쓸히 떠났던 백구
다시 돌아와 곁에 눕는다

끼니 잃은 영혼이 떠도는 길가
배고픈 설움은 배고픈 영혼이 아는 법
사악한 인간에게서 벗어날 수 있다면
고통은 차라리 행운이어라
고통은 꽃잎처럼 떨어져 시들고 말리
햇살처럼 빛나는 연인의 죽음
개나리꽃으로 피어나고 하얀 목련으로 지는
어느 봄날

그대는 아는가

이모할머니 떠나던 날
고개 숙인 아들아
그대는 아는가
육신은 뜨거운 불에 던져주고
가벼운 먼지가 되어 날아든 곳

나뭇가지에 앉아 울고 있는
바람까마귀는 알고 있으려나

맑은 숨결이 고요히 흐르는 숲
지친 영혼이
포근히 안길 수 있는 그늘
아픈 사랑 쓰러지지 않고
세상의 푸른 풍경 지탱하는
끈질긴 생명의 나무
발밑에 도도히 흐르는
나무의 뿌리가 된다는 비밀

그대는 아는가

나뭇잎에 흐르는 물결

나뭇잎에 흐르는 물결
그 물결 따라 흐르는 마음
나는 어디쯤 흘러오고
또 얼마나 흘러가야 하는 걸까

옅은 안개였다가 짙은 안개였다가
높은 구름이었다가 낮은 구름이었다가
아침 이슬이었다가 마른 풀꽃이었다가
초록 물결이었다가 황금 들판이었다가
메마른 사막이었다가
땅에 스며드는 물길이었다가
긴 어둠 속 돌아 나온 꿈길이었다가

나뭇잎에 스치는 바람에
문득 깨닫는
나는 어디로 흘러와서
어디로 흘러가는가

눈물이 나는 건

너 울고 있니?
괜찮아
나도 눈물이 나
우리 마음속엔 강물이 흘러
따뜻한 사람 만나면
흐르는 강
눈물이 난다는 건
살만한 세상인 거지
눈물 강이
햇살 다독이며
흘러가는 거지

닻을 내리다

밀물과 썰물의 행로를 따라
떠돌던 기나긴 여행길
지치고 너덜너덜해져 돌아온
바닷물 아래로 닻을 내리는
머리 하얗게 센 늙은 배
하선하는 사람도
마음의 닻을 내리고
출렁이는 걸음걸음
각자의 길로 흩어진다
인생은 홀로 견디는 것
때로는 고독이 편안하다
하늘 향해 쏘아 올리는
절벽 위 솔 향기에
젖는 노을

4부

양파를 까며

첫눈에게

산간에는 첫눈이 왔을까
첫눈 기다리는 나를 보니
아직 가슴에
그리움이 남아있나 보다

이별의 순간이 올 때마다
차갑게 얼어붙은 한숨이
하늘에 가 닿으면
슬픔을 닮은 계절이 자리를 바꾸고
한숨이 따뜻한 추억이 되어
송이송이 내릴 때까지
그리움을 사랑해야 한다

눈물의 감촉이 입술에 와 닿으면
펄펄 끓던 절망이 식어서
시원한 불꽃이 허공을 날다
지상에 내려앉는
저 눈부심을 보라

금요일

새소리 또렷이 밝아오는 아침
몸이 먼저 일어나 졸고 있다
오늘은 무슨 날이지?
내일을 생각하니
미소가 절로 고인다
아이들 먹을 거 준비하는
아내에게서
위대한 어머니가 보인다
어머니가 된 아내가
내미는
비타민 같은 날
오늘이다

양파를 까며

아무것도 아닌 것을 만나려면
양파를 끝까지 까보면 알게 된다

무슨 은밀한 비밀이 숨어있기에
투박하고 거친 겉껍질은
땅속에서 발효의 순간을 거쳐야만
물들 수 있는 빛깔이다
한 껍질 벗기고 나면
부드럽고 매혹적인 여인의 몸이
투명한 물기를 머금고 있다

손끝에 묻어나는 옛 추억이 맵다
사랑에 물들었던 사람은 안다
사랑에는 매운 눈물이 숨어있어
하늘을 보고 눈물을 삼켜야 한다
매혹적인 맨살을 만지다 보면
가슴에 스미는 상처를 망각한다

추억의 강을 건너고

미련의 노를 계속 젓다 보면
수평선 너머로 사라지는 노을을 만난다
아무것도 남아 있지 않은
텅 빈 허무만 수평선에 매달려 있다
어둠이 물결에 밀려오고
아무것도 아닌 것이
눈동자에 물들어 붉다

누가 좋을까

산과 바다의 거리
거리를 가늠하는 관계 똬리를 틀고
사이를 가르고 할퀴고 가는
뱀의 혀에 놀아나는 바람의 시샘
골짜기에 빠져 허우적거린다

기가 빨리고 지치는 날이 있다
억지로 바꾸려 하지 말자
장식을 위해 꽃을 꺾으면
꺾인 자리 상처가 도진다
그냥 있는 그대로 바라봐 주기
산이 거기 있어 좋고
바다가 거기 있어 좋다

산이 바다를 좋아하면
바다가 산을 좋아하면
누가 더 좋을까
손 내밀고 바라보는
좋아하는 마음이 먼저다

좋아하면 산이 좋고
좋아하면 바다가 좋다

술병

끝을 봐야 알 수 있다
인생의 끝은 어차피 빈손이다
그러니 서러워 마라
서로를 위안하며 마신 술 깨지 못하고
방안의 감옥에 갇혀 헤어 나오지 못하고 있다

주저리주저리 열리던 달콤한 홍시
무르익어 땅에 떨어지는 줄도 모르고
자꾸만 추락해버리는 기억의 뒤편
깨어진 홍시처럼 아득한 어둠이여
도끼눈을 한 간수의 매몰찬 눈
꿀물 한번 얻어먹지 못하고
또다시 반성문을 써야 하는 철없는 죄인
방안의 감옥에서 끙끙댄다

술을 이기지 못하고 술에 농락당하여
바쿠스*의 노예가 되었으니
술병 걸린 죄
부끄러움은 나의 몫

* 로마신화에 나오는 술의 신

꿈

코 간질이며 달려드는 먼지 진드기
참을 수 없는 서러움에 기침 한 번 하고
깜박거리는 눈에 고이는
미세먼지가 감춰놓은 눈물로 보이는 세상
한라산도 바다도 보이지 않는다
하늘에 떠 있는 해가 달이 된다
무언가에 쫓기고 있는 나는
살아보려고 달아나지만
자꾸만 벼랑 끝으로 몰린다
정년이 다가오는데 취직 공부해야 한다고
조바심에 마음 졸이다
깨어보니 꿈이다

꿈에서 깨니 꿈속의 나는
내가 아니다
마스크 대신 웃음이 귀에 걸리는 세상
얼마나 좋을까
간절히 원하는 지금의 나도
내가 아니고
한낱 꿈일지도 모른다

억새 사이로 흐르는 안개강

먼길 떠났던 나그네
이제는 돌아와 선 오름 자락에
하얗게 물든 억새 사이로
안개강 흐른다

막막한 어둠도 신비롭던 숲
자신의 몸에 불을 켜고
길 밝히던 반딧불이
어디로 마실 가버렸는가

오늘밖에 없다
내일은 눈 감고 아웅 하는 속임수며
내일은 두려운 단어가 되어버렸다는
여든을 바라보는 어르신
황금빛 씨앗을 뿌리는 주름진 손
안개강 흐르고 이슬 맺힌다

잠들고 내일 눈 뜨면
소중한 오늘이 되어서 좋다

모진 풍파와 시련을 겪고
어머니 품속 고향에 돌아와
안락의자에 앉아 궁극의 자유 얻는다면
이승의 모든 것을 잃고
불꽃의 영혼으로 되살아나
완전한 자유를 얻는다면
오늘의 이별은 주삿바늘에 찔리는
순간의 고통 같은 것이리라
억새 사이로 흰머리 휘날리며
안개강 내일을 향해 흐른다

원죄

세상은 꽃이다
꽃을 보면
죄책감이 든다
태어나면서부터
고백해 버린 울음
아름다움 훔친 죄
꽃을 품은 마음

겨울잠

냉정한 바람이 창가에
함부로 문 두드리는
시린 계절이 돌아오면
겨울잠에 푹 빠지고 싶다
죽은 듯이 꿈도 꾸지 않고
세상과 거리를 두고
잊힌 사람으로
길가의 돌멩이처럼
찬바람 불어도 아무렇지도 않은
무덤덤한 심장을 지니고 싶다

살아 있으면 살아야 하기에
사람 냄새 나는 이불의 온기가
어디에선가 불어오면
나를 위해 웃어주는 단 한 사람
그 한 사람만이라도 있으면
그의 미소의 힘으로
그의 미소를 위하여
꿈을 생수처럼 벌컥 마시고
겨울잠에서 깨어나고 싶다

심정지

이대로 눈 감으면 영원한 이별일까
수평선이 위급하게 흔들리는데
자꾸만 물결 속으로 가라앉는 심장 소리
희미하게 멀어져가는 돛단배 손끝 잡고
힘겹고 버티고 있다

핸드폰에 빠져 아비 한 번 쳐다보지 않는
풍성한 머리숱의 아들
못난 짓 해도 사랑스러운
그 마음 하나라도 건졌으니
이대로 사라져도 괜찮을까

아직 꺼내 보지 못한 소망
너무 화려한 욕심인가
쓰러지는 의식을 붙잡는 오로라
구경 한 번 못 한 저 빛은
나를 데리러 온 악귀인가 천사인가

살아서 오로라를 못 봐도 좋으니

심장만 우렁차게 뛰게 해다오
죽었다 깨어난 그 친구
오늘도
올레길을 열심히 걷는다

집

죽을 만큼….
허공을 헤매는 속울음
가슴 검게 물들이면
세상 밖 아무도 나를 사랑하지 않아도
사랑할 힘 조금이라도 남아있다면
그대 숨을 수 있는 공간
온기 품은 동굴로 가라

육체를 탈피한 각질
대들보의 기름이 되고
기름이 피워낸 각지 불
그대의 벌거벗은 몸 아늑히 감싼다
속울음의 허물을 벗고
새로운 영혼으로 다시 태어난다

너무 오래 머물지는 말지어다
햇빛을 잃어버린 날갯짓은
하늘을 놓아버린 캄캄함이다
지친 영혼이여

숨죽인 나를 고요히 감싸는
그곳으로 돌아와야 하기에
그대 주저 없이 박차고 떠나야 하리

소리꽃

소리꽃이 핀다
인공관절을 한 어머니가 앉았다 일어서는
맨바닥에 탄식처럼 피어난다
가시 돋은 물고기가 갉아먹는
물 무릎에서 물보라가 번진다
은빛 날개 출렁이며 낡은 마룻바닥에서
끊임없이 쏟아지던 나무 벌레
차마 치울 엄두도 못 내고
묵묵히 바느질만 하던 어머니
징글징글한 가난이 지탱해온 세월만큼
참았던 설움이 소리꽃으로 피어난다

내 걱정은 하지 말고
징그러운 기억은 그만 강물에
흘려보내시라
내가 행복하지 않으면
당신은 결코 행복할 수 없다던
나보다 더 나를 사랑하는
가족이라는 의미를 시퍼렇게
일깨우며 피어나는 소리꽃

5부

꽃을 바라보다

감귤나무

굴 익어가는 과수원
마른 나뭇가지 같은
아버지의 직립 너머로
붉은 해가 저물고 있다

나는 몰랐다
새벽마다 밤마다
감귤나무 하나하나에
그리운 이름 걸어두고
밖으로만 나돌던
감귤나무 사랑

어머니의 잔소리에도
처진 어깨 일으키며
닳아진 무릎 이끌고
그림자로만 집안에 서성이던
쓸쓸한 그 이름 잊고 있었네

감귤나무 아래

야위어가는 아버지의 장화
위태롭게 바라보는
나를 부르는 소리
"아빠!"
아버지가 되어서 듣는 소리
울컥 가슴을 긋고 가는
나무마다
붉은 눈물이 둥글게 맺힌다

찔레꽃

부끄러워 마라
가난은 부끄러운 것이 아니다
화려하지 못한 자신의 처지
가시 되어 가슴에 품고
슬픈 향기 흩뿌리는 꽃
배고픔 달래려고 들판을 헤매다
따먹던 곤밥 같은 눈부신 꽃
덩굴 속에 숨어 홀로 피어있네
모자람도 견딜 수 있었던
순박한 사랑 그대 향한 그리움
한 잎 한 잎 따먹던
아 옛날이여
숨지 마라
그리움이 깊으면 향기도 깊어진다
내 영혼의 꽃이여

벚꽃 길

길을 걷는다
벚꽃 길 따라 천천히 걷는다
길이 환하다
햇살이 남몰래 숨겨 놓은 추억
바람이 내미는 분홍색 입술에
진하게 스며드는 그리움
당신이 떠나고 혼자 걷는 길
허전한 가슴에 떨어지는 꽃잎
바라만 보아도 웃음이 나고
꽃처럼 피어나던 환한 미소
다시는 볼 수 없을 것 같아
눈물로 멀어지는 당신
여전히 이 거리는
꽃의 향기 눈부신데
언제 다시 볼 수 있으려나
벚꽃 길
당신의 환한 미소

꽃을 바라보다

갈대처럼 흔들리는 보라색 꽃밭
연인이 사진을 찍는다
달음질치는 반려견 쫓는 여인의 웃음소리
마편초꽃에 매달려 반짝이는 한낮
꽃을 보며 미소 짓는 여인아

저토록 매혹적인 꽃에 빠져있으면서
풀잎에 가려진 풀꽃 같은
볼품없는 나를 왜 보는가
당신은 어떤 빛깔의 꽃이 예쁜가
부질없다 묻지 마라

난 꽃 보며 웃는 당신을 본다
꽃을 사랑하는 당신을 사랑한다
모든 꽃은 당신의 것
당신은 모든 꽃의 것
서로 마주 보며 바라보는 세상
내 작은 쾌락을 위해 세상의 행복
방해하지는 말아야지

꽃을 바라보는 당신의 미소
한가지 빛깔이 아니다
하나이면서 여러 개의 빛깔을 품은
아름다운 우주꽃이다
꽃을 보는 당신 세상에서 제일 좋아
당신이 보는 꽃을 바라볼 뿐이다

능소화

아무리 기다려도 오지 않는다
다시 돌아온다던 언약은
바람이 지어낸 장난인가
무심한 듯 태연히 바라보지만
배 한 척 보이지 않는
저 먼바다

님 계신 곳 나도 따라갈까
그리움은 뜨겁게 달아오르는데
가는 길이 보이지 않는
아득한 수평선

나도 이제 그만 살까
내가 사라지고 나면
하늘과 땅도
나무의 말도 꽃의 문장도
사라지고 만다

혹시라도 아주 먼 훗날에

님을 만나게 되면
별이 지고 태양이 떠도
끝나지 않는 세상 이야기
풍성해지도록
살아서 기다려야 한다

죽을 만큼 더운 계절을
건너는 저 처절한 인내

굴꽃

과수원에서 누가 사랑하나 보다
뙤약볕 아래 땀범벅이 된
숨 막히는 사랑
짙은 향기 되어 날뛰더니
가슴 향긋한 꽃이 피다
갈퀴 부여잡고 말발굽 소리 내며
달려오는 근육질 단단한 비는
열정의 정사 뒤 땀을 씻어낸다
사랑이 머물다간 자리
향기마저 땅에 떨어지면
바람과 이슬 품은 태양의 씨앗
둥글게 차오를 것이다

들꽃

돌 틈에 숨어 울지마라
고개 떨구고 시름시름 아프지 마라
누구나 실수하고 마음에 그늘이 지는 법
용서는 하늘의 뜻이다
살기 위해 지은 죄 주눅 들지 말고
진실을 노래하라
하늘 아래 살아 있는 한
내 죄를 용서받을 때까지
피 터지게 진실을 갈구하고
소리 없이 스러지는 것
그것이 너의 운명이다

홍가시나무

독한 가시에 찔린 바람
붉은 잎새에 머문다

꽃이 든 나무가 아니라
피울 수 없는 줄 알았다
새롭게 돋아나는 잎새마다
꽃보다 아름다운 이유
슬픔인 줄 알았다

견뎌라
바람이 해 줄 수 있는 말
이 말밖에 떠오르지 않는다
이마저도 속삭일 수밖에 없어
미안하다

상처를 감싸는 하얀 붕대
기어이 피워내고야 마는
저 슬픔의 진실
그 누구도 아닌 자신에게

던져본 소리라고
가시 없는 이파리에 머무는 바람
무안함에 얼굴 붉힌다

팽나무

홀로 껴안아야 할 운명이다
마을 가득 채우던 아이들 함성
슬금슬금 사라져간 자리
숲을 이루지 못한 외톨이
시골 마을 닮아가는 나무여

숲으로 가는 희망은
속절없는 푸념이다
화려한 무리 좇아가자
달콤한 바람의 유혹
부질없다
흔들리지 않는 고집

하고 싶지 않은 일은 하지 않는다
단식하고 죽음을 불사하는
스스로 선택한 고립이다
바람을 거부하는 고독은 자유의지
초라한 시골 마을의 당당한 자존심
유년의 꿈이 푸르게 펄럭인다

꽃이 지면

꽃이 지면 사랑도 지는 걸까
사랑이 지려고 가슴에 맺힌 상처
수평선 발끝을 붉게 물들인다

꽃지는 걸 바라보는 사람아
바람에 흩어지는 허무를 만지면
꽃피고 지는 건
차라리 고통이어라

나 혼자 견뎌야 하는 아픔
아무도 대신할 수 없다
입 앙다물고 참아내는 것이다

영원히 지지 않는 사랑
그런 사랑 없을지라도
오래도록 그리움으로 남아
또다시 꽃피울 수 있다면
묵묵히 견뎌온 고통은
고귀한 추억으로 돋는 새싹
아장아장 잘도 걷는다

홀로 핀 꽃

문밖에 혼자 멍하니 앉아 있다
영등할망은 다녀갔을까
봄이 오는 길목 아직 쌀쌀하다
초청받지 못한 구석진 자리
홀로 피어있는 꽃
자꾸만 마음이 머문다

어찌하면 좋을까
너를 응원할 수 없어서 아프다
이기려고만 하지 마라
힘자랑하지 마라
아무리 잘난들
꽃잎 지면 그만인 것을

밉고 얄밉던 꽃도
지고 나면 그리워진다
그리워할 새도 없이
땅에 떨어지고 만다
이제 눈 뜨고 품어야 하리
홀로 피어있는 저 꽃

개나리꽃

고드름 끝에
마음 찔리던 대지
지독한 외로움
싸늘한 냉대
꿋꿋이 이겨내고
암울한 골짜기 지나왔다

냉혹한 마녀의 눈
남아있는 눈물의 온기
이불 되어
키워낸 개나리꽃
병아리 되어
수줍게
봄을 쪼아댄다

대추

그 이름 생각나지 않는다
정말 쉽고 간단한 단어다
햇살이 푸를 때는 사과 맛 배고
익은 태양 붉게 맺히면
노을 향기 달콤하다
나쁜 독소 제 몸에 새기고
향긋한 언어 입맛 돋운다
보양식의 양념이 되고도
자신을 이지러뜨리지 않는다
깜박 기억이 죽어버린 나는
그 이름 떠올리지 못한다
그래도 괜찮아
애써 변명을 해보는 사이
눈곱 낀 풀냄새 아버지
밭 한쪽에 심어놓은 대추나무
내 머리에 주렁주렁 열려
환하게 웃고 있다

밥과 별이 흐르는 세상
― 이철수의 시 세계

허 상 문(문학평론가 · 영남대 명예교수)

1

수필가 이철수가 시집을 펴낸다. 그는 이미 수필집 『나는 걷는다』를 통하여 섬세하고 정감 어린 문체로 인생과 세상을 보는 융숭한 안목을 지닌 작가라는 평가를 받으면서 수필계에서 일정한 위치를 확보하고 있다. 오늘날 다른 모든 분야에서처럼 문학 분야에서도 장르를 넘나드는 통섭과 교접이 이루어지고 있다. 마찬가지로 시와 수필 사이에도 서로의 영역을 넘나들면서 '시수필'이라는 새로운 장르가 나오고 있는 실정이다. 어쩌하든 한 작가가 수필과 시를 동시에 넘나들면서 일정한 문학적 성취를 이룬다는 것은 쉬운 일이 아니다.

이철수 시인의 시집 『넘어지다』를 읽다 보면 여러 시편에서 시를 사랑하는 간곡한 마음이 잘 드러나고 있다. 시인이 이번에 시집을 출간하는 마음은 흡사 사랑하는 딸을 시집보내는 마음이며, 이런 영혼을 진심으로 사랑한다고 표현한다(『시집』). 인간은 누구나 나름대로 영혼의 양식을 지니고 있으며 이를 챙겨 먹으면서 삶을 유지하는 존재이다. 시인은 그런 영혼의 양식을 우리에게 제공해 주는 사람이라고 할 수 있다. 그렇다면 이철수 시인이 우리에게 공급해 주는 영혼의 양식은 어떠한 것일까.

우리의 삶에서 "살면서 수시로 찾아오는 것은 아픔과 슬픔 그리고 외로움이다." 이것은 때로 인생의 불행이지만 동시에 "행복의 밥"이 된다. 또한 이 "행복의 밥은 밤하늘의 별이 되어 흐른다." 이철수의 삶과 시에서 실존의 '밥'은 낭만의 '별'이 되어 흐른다. 그래서 그의 시에서는 밥을 사랑하는 사람들과 낭만을 사랑하는 사람들이 밥상 앞에 모여 앉아 밥 이야기와 별 이야기를 듣게 된다. 이런 이야기를 풀어놓고 들을 수 있는 것이 그의 시이다. 더 나아가 시인은 "가난해진 밥상이 낭만으로 돌아오는 날 낭만 속에서 인간적인 위안을 얻고 사람들이 다시 행복해지길 간절히 바란다."(『시인의 말』)고 말한다.

이쯤 읽으면, 우리는 이철수의 시 정신은 기본적으로 낭만주의와 인간주의에 바탕한 것이라는 사실을 인식하게 된다. 낭만주의는 본질적으로 인간적이다. 그의 수필이 그랬듯이, 그의 시는 자연과 인간에 대한 정신으로 충만하다. 인생은 한편 밥을 걱정하며 살아야 하는 현실이지만, 그러한 현실 속에서도 이 어렵고 힘든 세상과 인간에 대한 사랑과 동정을 생각해야만 살아갈 수 있는 삶의 공간이다. 시는 우리가 배고플 때 먹어야 하는 밥과 같은 것이다. 밥을 안 먹었으면 당연히 배가 고프고 밥 없이 우리는 생존할 수 없다. 마찬가지로 우리는 인간이니까 밥만큼 소중한 것이 영혼이고, 영혼에 밥을 줄 수 있는 것이 시이다.

밥만큼 이철수의 시에 중요한 것은 별이다. 그의 시에는 유독 별이 많이 등장한다. 그것은 시인이 별을 항상 볼 수 있는 자연 속에서 살고 있어 그런 것은 아니다. 오히려 시인은 쉽게 별을 볼 수 없는 도시 안에서의 삶을 영위하고 있다. 그러면서도 시인은 계속해서 별을 그리워하고 별빛을 찾으려고 하는 이유는 무엇인가. 그것은 별이 상징하는 낭만의 시대, 별을 보기 힘든 시대에 살아야 하는 현실적 삶의 고통을 말하고자 하는 것이라 할 수 있다. 별의 심상은 척박한 시대를 살았던 사람들에게 희망과 사랑을 제공하는 상상적 은유의 의미를 담은 것이다. 별과 별빛을 함께 노래한 우리 시대의 시인들이 찾았던 그 간절함을 따라 우리는 지금도 어둠의 시대를 걸어가고 있다. 그러면서 시인들이 노래한 희망과 사랑과 어머니를 바라본다. 무릇 모든 시인은 어둠의 광야에서 별을 찾아 헤매는 존재들이다. 윤동주가 그랬고, 이육사가 그랬고, 백석이 그랬다.

그렇다면 이철수 시인은 이 시대와 삶의 어둠을 밝혀 줄 별과 별빛을 통해 우리를 어디로 인도하고 있을까. 밤하늘의 별을 볼 수 없는 세상, 그곳에서 우리의 마음도 싸늘하게 식어간다. 시인은 밥이라는 삶의 현실과 별이라는 낭만의 세계를 그의 시를 통하여 동시에 보여주고자 한다.

2

시인은 범속한 사물과 일상 속에서 삶의 깊은 의미를 밝혀내고자 갈망하는 사람들이다. 그들은 '이슬방울' '낮달' '무지개' 같은 자연 속의 흔한 일상적 풍광(風光)의 명멸하는 모습을 보면서도 눈부시게 삶을 밝혀줄 시를 기원한다. 그리고 세상의 어두운 밤하늘을 밝혀줄 수 있는 별빛 같은 시를 염원한다. 시란 시인 삶의 절절한 체험 속에서 탄생한다. 그러나 아무리 소중한 삶의 체험이라도 그것이 시인의 절실한 시적 상상력과 정서를 통해 승화되지 않는 한, 그러한 시에서 진정한 삶의 의미와 꿈은커녕 지루한 일상의 이야기만 엿듣게 된다.

이철수의 시에서 우리가 가장 흔히 볼 수 있는 삶의 모습은 아프고 힘든 세상의 편린들이다. 그것은 기술과 물질이 지배하는 현대 사회의 비인간화와 인간성 상실 속에서의 소외의식과 불안 때문이라 할 수 있다. 현대인의 삶의 문제와 그 극복을 위해서는 인간성 회복이 무엇보다 중요한 과제라고 하겠다. 예컨대 「낮달」에서 시인에 의해 상정되는 현대적 삶의 풍경을 바라보자.

낮달을 본다
달이 외로운 이유는
사랑하는 사람을 잃었기 때문이다

조개껍데기 집을 지키기 위한
바다의 전사 외계물고기처럼
매운 세상살이 속에서
지켜온 금쪽같은 내 사랑
빈 하늘 가슴에 묻었다

빈 병 팔아 이웃 돕는
거동이 불편한 노부부
배곯는 노인과 손자를 위해
국밥 대접하는 할머니
병원 밖 사람들 만나서
아픈 사람 치료하는 의사
상처 입은 가슴에서 피어나는 온정

— 「낮달」 부분

시인에게 보이는 세상은 어둡고 우울하다. 시인이 바라보는 낮달이 외로운 이유는 "사랑하는 사람을 잃었기 때문"이다. 그러나 빈 병 팔아 이웃 돕는 노부부, 배곯는 노인과 손자를 위해 국밥 대접하는 할머니, 병원 밖 사람들 만나서 아픈 사람 치료하는 의사, 이런 사람들이 존재하는 한 그나마 이 세상은 어둡지만 견뎌낼 만한 곳이다. 이런 세상은 노래할 만한 가치가 있는 곳이고 이 세상을 노래할 가수, 아무리 그가 '무명가수'라고 할지라도 필요한 이유도 여기에 있다(「무명가수」). 시인에게는 이 세상을 사랑하고자 하는 긍정의 마음이 자리하고 있다. 이것은 바로 인간주의의 정신이라 할 수 있으며 그곳에는 세상이 존재할 수 있는 힘인 '사랑'이 있기 때문이다. 사랑은 우리에게 무한한 힘을 준다. "하늘을 받들고 있는/ 푸른 소나무/ 사랑할 사람이 남아있음은/ 얼마나 좋은 일이냐/ 사랑하기 위해 애쓸 수 있음은/ 또 얼마나 다행이냐" 그러한 힘은 "하늘이 무너지지 않는 이유/ 우주를 받치는/ 저 소나무의 사랑"(「대들보」) 때문이다

철학자 칸트는 우리가 사물을 인식할 때 그로부터 얻어질 수 있는 것은 우리 마음 밖에 있는 것이 아니라 마음 안에 있다고 했다. 칸트는 인간 주체가 사물을 어떻게 바라보아야 진리를 얻을 수 있는지에 대해 고민한 것이다. 인간은 감성과 지성을 통해서 이성에 도달할 수 있는데, 이때 감성의 영역은 시인이 사물을 바라보는 시각과 인식이라 할 수 있다. 다시 말해서 인간인 우리는 어떤 사물이나 상황을 인식할 때, 사물에 대한 깊은 관심과 사랑을 통해서 그것을 인식하고 진리에 도달하려고 한다. 따라서 시를 쓰는 시인은 사물과 대상에 대한 관심과 사랑을 통하여 작품을 형상화하고, 독자 역시 그러한 태도로 시인에 의해 형상화된 작품을 이해할 수 있다.

이철수 시인은 언제나 자신이 바라보는 사물에 대하여 깊은 관심과 사랑의 마음을 지니고 있다. 그리하여 자연 속의 만물이 그의 시의 대상이 된다. 수목원을 산책할 때 시인의 눈에 포착된 '이슬방울'을 비롯하여 '월대천' '샛길' '무지개' '구름'과 같은 대상들이 모두 시인의 시적 대상이 된다. 그는 자신에게 보이는 '구름'을 이렇게 노래한다.

작은 창문 사이로 보이는 하늘
하늘길 산책하는 구름이여
방의 감옥에 갇혀 기침하는 나는
너의 발걸음이 부러워
너의 자유로운 빛깔에 물들어
기침을 훌훌 털고 날아간다

비도 가지고
눈도 가지고
하늘 곳간 채우기만 한다면
무겁게 짓눌린
천둥의 목소리가 들린다
시커멓게 그을린
번개의 칼날이 보인다

– 「구름」 부분

시인은 "방의 감옥에 갇혀 기침하는" 나의 모습을 바

라보면서 구름의 "자유로운 빛깔에 물들어/ 기침을 훌훌 털고 날아간다." 그리하여 그는 비도 눈도 나누며 "하늘이 푸르게/ 높고 아름다운 이유를" 사유한다. 여기서 작가의 상상력은 돋보인다. 사실 시인의 상상력은 대상이 되는 소재를 새로운 눈으로 바라보는 것에서 발휘된다. 한 편의 시를 읽을 때 독자들은 일정한 관심과 인식을 전제하기 마련이다. 관심과 인식은 작품을 이해하는 데 필수적인 요소이다. 이것은 곧 대상에 대한 일상적 선입견을 파괴하는 과정으로, 시인의 삶의 상황과 사물에 대한 기대 그리고 자신의 인생관이 종합되는 인식의 배경이 된다.

앞서 우리는 이철수 시에서 낭만주의적 경향을 이야기했거니와 낭만주의는 인간의 감정, 현실적인 것에 대한 거부와 지나버린 과거, 자연 등에 대한 동경, 개인의 내면성에 대한 강조 등을 통해 계몽주의와 합리성의 시대에 저항했다. 그리하여 낭만주의자들은 자연의 의미를 무엇보다 중요하면서 자연을 통하여 세상과 인간을 노래하고자 했다. 이철수의 시에서도 자연의 모습은 삶과 세상에 대한 의미로 환치된다. 「섯알오름」 「겨울비」 「바위섬과 바람꽃」 「법환포구」 「고사리」 같은 많은 시에서 자연에 담긴 삶의 의미 찾기의 작업은 광범위하게 이루어지고 있다. 이러한 시인의 노력은 자연과 세상을 굴러가게 하는 힘이 조화로움과 결합, 양보와 사랑의 미덕에 의해서 이루어진다는 점을 강조하는 또 다른 태도로 표명된다. 「굴러가는 힘」에서 시인은 인생과 세상을 살아 가는 데 필요한 힘을 다음과 같이 표현한다.

굴러가려면 빔이 있어야 한다
비워야만 채울 수 있는
빈 것을 채우는 것은
가난한 사람에게도 외로운 사람에게도
차별하지 아니한다
똑같이 원하는 만큼 채울 수 있다
상이 되지도 금이 되지도 못하는
눈에 보이지 않는 그 쓸모없음이
바퀴를 굴러가게 한다

(…)

아무리 보아도 볼 수 없고
아무 맛도 느낄 수 없지만
빈 곳을 채워주고 바퀴를 굴리는
굴러가는 것에는 힘이 있다
잘 굴러가려면 둥글어야 한다
둥글게 굴러가는 바람이 아름답다

– 「굴러가는 힘」 부분

위 시에서 무엇보다 돋보이는 것은 인생과 세상에 대한 시인의 통찰력이다. 이 세상은 "상이 되지도 금이 되지도 못하는/ 눈에 보이지 않는 그 쓸모없음이/ 바퀴를 굴러가게 한다." 이런 세상을 우리는 의미 없이 살아간다. 하지만 그 길이 정말 가야 할 자신의 길인지는 알 수 없다. 시인은 세상의 모습을 '굴러가는 힘'에 대비시키고 있다. 이 시의 가장 중요한 부분은 "잘 굴러가려면 둥글어야 한다/ 둥글게 굴러가는 바람이 아름답다"는 대목이다. 올바른 길에 대한 사유와 반성을 잃어버린 우리는 진정한 길을 찾지 못한 채 독선과 미혹의 일상 속에 매몰된 채 살아가고 있다. 올바른 인생길을 위한 시인의 태도는 아내와 내가 라면을 끓이며 서로 다른 물의 양을 조절해가며 살아가는 세상의 모습을 그려내는 「라면을 끓이며」, 시인을 위하여 희생하고 헌신하는 그런 여인의 발·손·등·얼굴·가슴을 사랑한다는 「사랑의 고백」에서도 잘 나타난다. 시인이 바라는 세상은 조화와 화합의 세상이지만, 시인에게 그런 세상은 "밤하늘에 돋는 아득한 별"과 같이 외로이 떠 있다.

3

우리가 삶에서 별을 본다는 것은 하늘에서 만들어지는 아름다움과 진실을 본다는 것이다. 이 아름다움을 발견하는 것은 바로 자신의 마음속에 별 하나를 키우는 일이다. 별은 곧 시인이 찾고자 하는 아름답고 순수한 세계의 유비이다. 어둠 속에서 사라져가는 별빛처럼 분명한 삶의 지표가 없어진 현대 사회에서 자기 마음 안에 별을 살게 하는 것은 세계에의 아름다운 질서와 가치를 찾고자 하는 시인의 의지 표명이라 할 수 있다. 시인은 빛과 어둠, 존재와 상실이라는 상반된 모순의 세계와 삶에 대하여 깊은 고뇌를 하게 된다. 「사람이 그립다」「넘어지다」는 이런 고뇌가 담긴 시들이다.

넘어져 본 사람은 안다
나를 넘어뜨리는 건
거대한 바위가 아니다
바위를 휘덮는 파도가 아니다
아주 보잘것없는 돌부리다
잘 보이지 않는 물방울이다
조그마한 것에 벌러덩
넘어지는 날이 있다

누군가에게 보인다는 건
때로는 밤하늘에 돋는 아득한 별이다
부끄러움으로 빛나는 아픔이다
누구나 넘어지는 그런 날이 있다
부끄러워하지 마라
은연중에 빛나는 별로
반짝이고 싶지 않았던가
넘어질 수 있다는 건
사람이 보여줄 수 있는

가장 빛나는 별이다

- 「넘어지다」 부분

 이 시집의 표제시 「넘어지다」에서 시적 화자는 자신을 넘어뜨리는 건 거대한 바위도 아니고, 바위를 휩덮는 파도가 아니고, 아주 보잘것없는 돌부리라고 말한다. 그렇다. 우리는 항상 거대하고 중요한 것을 생각지 못하고 작은 것에 슬퍼하고 분개한다. 그렇지만 우리가 진실로 생각해야 할 것은 가슴 속에서 빛나는 별이야말로 "가장 빛나는 별"이다. 여기서 시인에게 별은 하늘에만 있는 것이 아니라 진정한 별은 자신의 마음 안에 있다는 사실을 말해준다. 마침내 시인은 존재의 심연으로 빠져 자신의 참모습을 바라보고자 한다. 시인은 가을비 내리는 날, "고독을 외면하는 잔인한 세상" 속에서 "누군가의 삶과 죽음을 위하여/ 누군가의 지독한 외로움을 위하여" 눈물을 흘려야 하는 계절이 왔음을 안다. 「가을비」 「이어도 사나」에서 나타나는 눈물과 슬픔은 바로 "삶과 죽음의 경계" 사이의 고립된 세상을 향한 울음이라 할 수 있다.

 비가 내린다
 벗 하나 없이
 마지막 숨소리
 처마 끝에 매달려

애처로이 떨어진다

삶과 죽음의 경계
손끝에 매달리는데
손잡아 주는 이 아무도 없다
고립된 지붕 아래
비릿한 향기만 남기고
방안을 서성인다

-「가을비」 부분

우리가 사는 세상은 "고독을 외면하는 잔인한 세상"이다. 그렇지만 "누군가의 삶과 죽음을 위하여/ 누군가의 지독한 외로움을 위하여/ 이제는 눈물을 흘려야 하는 계절"이 왔다고 시인은 노래한다. 서로의 외로움을 달래고 서로의 아픔을 달래는 세상이 와야 진정하게 인간다운 세상이 될 것이다.

시인의 존재에 대한 물음은 자연과의 대비 속에서 구체화되어 나타나는가 하면(「나뭇잎에 흐르는 물결」「닻을 내리다」), 아버지와 할머니에 대한 기억과 그리움(「아버지의 노래」「할머니의 기억」)을 통하여도 극명하게 드러난다. 그러나 시인의 존재에 대한 물음은 개인적 차원에 그치는 것이 아니다. 시인은 오늘과 내일의 의미를 찾고자 하고, 이는 삶의 역사적 의미를 묻는 차원으로까지 나아간다. 「억새 사이로 흐르는 안개강」「사람이 그립다」는 존재의 의미를 역사적 차원에서 묻고자 하는 작품들이다.

> 그 시절 그랬다지
> 솔잎에 찔린 바람이 푸르게 울던 밤
> 하늘과 바다는 같은 빛으로
> 쌍둥이처럼 숨죽여 울었어
> 죽창이 바람의 끝을 모아 허공을 휘젓고
> 총칼이 살기 등등 검은 구름 부를 때
> 가슴을 향해 달려들던 공포가
> 어둠을 서성이며
> 살얼음판 강 건너고 있었어
> 어둠 속에 내뿜는 충혈 된 눈초리
> 얼굴에 박힐 때 칼에 베인 듯
> 쓰라리고 아팠어
> 그냥 죽으면 차라리 편할 것 같아
> 몇 번이나 하늘을 보고 기도했어
>
> – 「사람이 그립다」 부분

「사람이 그립다」는 제주 4 · 3사건의 기억을 보여주는 시이지만, 이 시를 통하여 시인은 역사적 격랑 속에서 "내가 살 수 있는 이유/ 내가 사는 이유"라는 존재의 본질을 묻는다. 역사는 과거와 미래의 끊임없는 대화라는 말을 생각나게 하지만 역사의 소용돌이 속에서 언제나 희생당하는 것은 개인이다. 이들은 "어둠을 뚫고 피어나는 꽃 위에/ 봄 햇살처럼 내려앉는 사람"이다. 그들의 슬

품과 고통을 딛고 역사는 이루어지게 된다. 시인은 이런 사실을 간과하지 않고 있다. 이 작품에서 빈번히 나타나는 과거형의 문장은 지난 역사적 사실이 현재진행형으로 이루어지고 있다는 사실을 잘 말해준다. 만약 제주 4·3사건이 완전히 치유된 아픔이라면 당연히 과거를 회상하는 빈도가 줄어든다. 잦은 과거형의 문장 사용은 아직도 그 아픔을 치유하지 못하고 현재까지도 개인적·역사적 삶에 커다란 영향을 준다는 사실을 말해주는 것이다. 누구도 쉽게 지울 수 없는 역사적 사건은 여전히 사람들의 가슴 속에 화석처럼 간직되어 있다.

4

시인은 지상의 꽃에서 삶과 인간을 본다. 꽃은 우리가 발 딛고 있는 현실에서 얼마든지 만날 수 있다. 꽃은 절대적이고 초월적인 하늘의 세계에 있는 것이 아니라 일상적 보편적 가치의 세계에 있다. 그래서 시인은 꽃을 "모든 꽃은 당신의 것/ 당신은 모든 꽃의 것"이라는 멋진 표현으로 묘사한다. 꽃은 우리가 모두의 가슴속에 만들어 놓은 별과 같다. 봄이 되면 아지랑이 피는 땅에서 우리의 눈앞에서 찬란하게 자기 내면을 드러내며 피어나는 것이 꽃이다. 이렇듯 꽃은 우리가 사는 지금 눈앞의 현실에서 피어난 삶의 결정(結晶)으로 나타난다. 이 세상과 인간의 모든 것은 다양한 꽃의 모습으로 나타나고 있다. 꽃은 지상에 있고 그것을 알아보는 사람의 눈에만 보인다. 시인의 말대로 꽃이 당신이라면 당신도 꽃이 되면서 우리 마음속에서 피어난다.

시집의 제5부 '꽃을 바라보다'는 그야말로 꽃과 나무를 사랑하는 시인의 마음이 고스란히 드러나고 있다. 시인은 꽃들을 바라보면서 단순히 꽃의 아름다움을 찬미하는 것이 아니라 삶에서 사라져 가는 순수성과 아름다움의 마음에 대한 시인의 열망을 드러내고 있다. 순수한 시인의 마음은 「꽃을 바라보다」 「벚꽃 길」 「능소화」 「귤꽃」 「홍가시나무」 「들꽃」 「팽나무」 「개나리꽃」 「대추」 같은 작품에서 다양하게 표현되고 있다. 꽃에 대한 시인의 마음은 이렇게 표현되고 있다.

세상은 꽃이다
꽃을 보면
죄책감이 든다
태어나면서부터
고백해 버린 울음
아름다움 훔친 죄
꽃을 품은 마음

－「원죄」 전문

갈대처럼 흔들리는 보라색 꽃밭
연인이 사진을 찍는다
달음질치는 반려견 쫓는 여인의 웃음소리

124

마편초꽃에 매달려 반짝이는 한낮
꽃을 보며 미소 짓는 여인아

저토록 매혹적인 꽃에 빠져있으면서
풀잎에 가려진 풀꽃 같은
볼품없는 나를 왜 보는가
당신은 어떤 빛깔의 꽃이 예쁜가
부질없다 묻지 마라

-「꽃을 바라보다」부분

「원죄」에서 시인은 "세상은 꽃"이라고 하면서 꽃을 품은 아름다운 마음도 죄가 될 수 있을까를 묻는다. 「꽃을 바라보다」에서 시인은 세상이 "여러 개의 빛깔을 품은/ 아름다운 우주꽃이다"고 한다. 그래서 꽃을 보는 당신이 이 세상에서 제일 좋아서 당신이 보는 꽃을 바라볼 뿐이라고 노래한다. 꽃을 좋아하는 시인의 마음을 통해서도 잘 드러나듯이, 이철수의 시는 적어도 거짓이나 가식이 없다. 자신이 직면한 슬픔과 고통에 대해 솔직하게 대면하면서 그러한 아픔을 이겨낼 수 있는 방안으로서 사랑과 아름다움의 세계를 희구한다. 그는 사랑이 꽃과 같이 이 지상에서 활짝 피어나기를 바라고 있다.

그러나 삶이란 얼마나 힘들고 어려운 것인지, 사람들과의 인연이란 얼마나 질긴 것인지. 이러지도 저러지도 못한 채 속수무책일 때가 많다. 그렇지만 꽃들은 아름다움과 순수함 속에 때 묻지 않은 사랑과 진실을 간직하고 있다. 이런 의미에서 우리가 꽃을 사랑하는 마음은 곧 세상을 사랑하는 마음과 같은 것이다. 이 세상에서 꽃이 없다면 어떻게 될까. 우리 곁에서 꽃들이 모두 져버리면 어떻게 될까. 시인은 꽃이 지고 나면 사랑도 사라지고 이 세상에는 상처와 아픔만이 남을 것이라고 말한다.

> 꽃이 지면 사랑도 지는 걸까
> 사랑이 지려고 가슴에 맺힌 상처
> 수평선 발끝을 붉게 물들인다
>
> 꽃지는 걸 바라보는 사람아
> 바람에 흩어지는 허무를 만지면
> 꽃피고 지는 건
> 차라리 고통이어라
>
> ─「꽃이 지면」부분

> 문밖에 혼자 멍하니 앉아 있다
> 영등할망은 다녀 갔을까
> 봄이 오는 길목 아직 쌀쌀하다
> 초청받지 못한 구석진 자리
> 홀로 피어 있는 꽃
> 자꾸만 마음이 머문다
>
> ─「홀로 핀 꽃」부분

시인은 매일 새로운 세계를 여는 사람이다. 지루한 일상을 하루하루 반복하는 것이 아니라 한 세계를 닫고 또 다른 세계를 열고 준비하는 일을 하는 사람이 시인이다. 그리하여 "봄이 오는 길목이 아직 쌀쌀"하지만, "초청받지 못한 구석진 자리"에서일지라도 "홀로 피어 있는 꽃"으로 존재해야 한다(「홀로 핀 꽃」). 모든 시인에게 겨울의 시간은 길고 봄은 더디게 온다. 시인이 "홀로 피어 있는 꽃"에 자꾸 마음이 머무는 이유는 무릇 시인은 마음의 꽃을 품고 고통스러운 지상의 삶을 거스르며 살아가야 하는 업보를 타고 난 사람이기 때문이다.

5

사람들은 대개 익숙한 세계 속에 갇혀 사는 것을 좋아한다. 익숙함과 편안함에 길들어 자기만의 영토를 구축하고 그 안에서 질서를 만들고 그곳에서만 살아가고자 한다. 그러나 시인은 이 익숙함에 저항해야 하는 사람이다. 그래야만 날마다 낡은 세계를 넘어서 새로운 세계에 당도할 수 있다. 그때에야 '밥'과 '별'이라는 어떤 깊은 가치의 세계에 도달할 수 있다. 그것이 아무리 힘들고 어려운 곳에 있어 도달하기 힘들더라도 그곳에 당도하기 위한 고통스러운 여정을 멈추지 않은 자가 바로 시인이다. 여태 우리가 읽었듯이 이철수는 일상의 밥을 넘어 마음속 별을 찾아 나선 아름다운 여정의 한가운데 서 있는 시인이다.

  하늘의 별빛을 보고 가야 할 길을 찾아가야 하는 시인은 슬픈 존재이다. 시인은 어두운 밤하늘을 비추면서 길 잃은 사람을 인도하는 나침판의 역할을 해야 한다. 별이 상실된 시대에 시로써 이 세상과 인생을 노래해야 하는 시인의 언어는 언제나 불우하다. 그러나 이철수 시인은 그 어둠의 길을 시적 서정의 힘으로 밀고 가고자 한다. 그러한 시적 작업은 단순히 시인의 초월적 혹은 은유적 언어의 가치에만 의지하며 이루어지는 것이 아니라, 삶과 인생을 바라보는 아름답고 진실한 가치에 대한 지향으로 인해 재생산되고 있다. 이철수 시가 보여준 시적 의의와 가능성도 바로 여기에 있다. 우리에게 일상의 밥이 밤하늘의 별이 되어 흐른다면 이 세상은 더욱 행복하게 될 것이다. 시인의 마음속에 흐르는 밥과 별을 하나하나 세는 마음으로 이 시집을 읽는다면 세상은 별빛처럼 아름답고 찬란해질 것이다.